CHÂTEAU HANTÉ

James Gelsey
Texte français de France Gladu

WORLDWIDE PUBLISHING
TM

Éditions
SCHOLASTIC

Copyright © 2008 Hanna-Barbera.
SCOOBY-DOO et tous les personnages et éléments qui y sont associés sont des marques de commerce et © de Hanna-Barbera.
WB SHIELD : ™ et © Warner Bros. Entertainment Inc.
(s08)

Copyright © Éditions Scholastic, 2008, pour le texte français.
Tous droits réservés.

ISBN-10 0-545-99181-1
ISBN-13 978-0-545-99181-0

Titre original : Scooby Doo! and the Haunted Castle

Merci à Arkadia pour les illustrations de l'intérieur.

Édition publiée par les Éditions Scholastic,
604, rue King Ouest, Toronto (Ontario) M5V 1E1.

5 4 3 2 1   Imprimé au Canada   08 09 10 11 12

Pour Sue

Chapitre 1

*B*oum! Le tonnerre gronde dans la nuit noire et orageuse.

— Sapristi! Qu'est-ce que c'était? demande Sammy, à l'arrière de la Machine à mystères.

— Rien qu'un petit roulement de tonnerre, Sammy. Il n'y a pas de quoi s'inquiéter, le rassure Daphné depuis la banquette avant.

— Pas de quoi s'inquiéter? T'entends ça, Scooby? Le ciel pourrait nous tomber sur la tête d'une seconde à l'autre et il n'y a pas de quoi s'inquiéter!

— Allez, Sammy, lance Fred tout en conduisant. Nous allons nous rendre au cinéma sans aucune difficulté. Ce n'est qu'un petit orage.

— J'espère que t'as raison, parce que je commence à avoir faim. Pas toi, Scooby?

— R'évidemment! répond Scooby en agitant la queue.

La Machine à mystères poursuit prudemment sa route le long des chemins sinueux. Il pleut abondamment, mais le cinéma n'est qu'à quelques kilomètres.

— Juste ciel! dit Véra. Tu n'as peut-être pas pris le chemin le plus court, Fred.

— Oui, il fait vraiment noir, ajoute Daphné. Est-ce que tu vois bien la route?

— Je la vois très bien, répond Fred.

Bang!

La Machine à mystères heurte une énorme bosse et se met à glisser hors du chemin.

— Le ciel nous tombe sur la tête! hurle Sammy.

Scooby se jette dans les bras de Sammy.

— R'erre-moi, R'ammy!

La fourgonnette s'arrête finalement.

— Rien de cassé, les amis? demande Fred.

— Moi, ça va, dit Daphné. Et toi, Véra?

— Tout va bien, merci. Heureusement, j'avais bouclé ma ceinture!

Fred se tourne vers l'arrière :

— Et vous, les gars?

Sammy et Scooby ont disparu.

— Sammy? Scooby? appelle Véra.

— Nous sommes sains et saufs, dit la voix de Sammy sous la banquette arrière. Nous ne faisions que nous assurer... euh... que le plancher était en bon état!

— Hmmm... Je me demande ce qui s'est passé, dit Daphné.

— À en juger par le bruit, je parie qu'il s'agit d'une crevaison, dit Véra.

— Je vais vérifier, déclare Fred.

Il ouvre la boîte à gants, y prend une lampe de poche et sort examiner les pneus.

— Vous pouvez ressortir maintenant, vous deux, dit Véra. Je suis sûre que le plancher est en parfait état.

— On ne prend jamais trop de précautions, hein Scooby? dit Sammy.

— R'ouais! convient Scooby.

Fred revient à l'intérieur de la fourgonnette.

— C'est bien une crevaison, annonce-t-il. Nous avons dû heurter une pierre ou un truc du genre, là-bas derrière. Ne bougez pas, nous serons au cinéma en moins de deux. Sammy, tu veux m'aider à sortir le pneu de secours?

— Euh, ce ne sera pas possible, Freddy! répond Sammy.

— Pourquoi? demande Fred. Ne me dis pas que tu as encore peur de l'orage!

— Moi? Peur de l'orage? s'indigne Sammy.
BOOOOUM!

— Sapristi! Le ciel retombe! crie-t-il.

Il saute dans les bras de Scooby, qui se met à rigoler. Véra, Daphné et Fred éclatent de rire eux aussi.

— Eh bien, qu'est-ce qu'il y a de si amusant? demande Sammy.

Scooby le regarde et répète :

— BOOOOUM!

Tous rient de plus belle.

— Très drôle, Scooby-Doo! dit Sammy, un peu vexé.

— Bon. Assez plaisanté, dit Fred. Allons changer ce pneu.

— Comme je te le disais, Fred, ce ne sera pas possible. Euh… il n'y a plus de pneu de secours, annonce Sammy.

— Plus de pneu de secours?

Fred, Daphné et Véra se regardent tous les trois. Puis leurs yeux se tournent vers Sammy et Scooby :

— Et pourquoi donc?

— Euh, c'est que Scooby et moi avions besoin d'espace pour notre trousse de survie à utiliser dans les situations d'urgence. Pas vrai, Scooby?

Scooby hoche la tête de haut en bas.

— J'ai peur de voir ce que contient cette trousse de survie, déclare Daphné.

— J'ai une assez bonne idée de ce qui peut s'y trouver, ajoute Véra.

Sammy ouvre le compartiment du pneu de secours. Il regorge de biscuits, de croustilles, de petits gâteaux, de boissons gazeuses et de sous-marins.

— Eh bien les amis, nous voilà coincés sous l'orage avec une crevaison et sans pneu de secours, résume Fred.

— Moi, je pense qu'il s'agit d'une situation d'urgence, affirme Sammy.

— R'oi r'aussi! ajoute Scooby.

Tous deux attrapent des collations et se mettent à manger.

— Hé! Mais qu'est-ce que c'est? demande Daphné.

Elle montre du doigt le pare-brise. Le ciel est de nouveau traversé par un éclair. Les amis distinguent

6

alors la silhouette d'une énorme demeure, juste au bout de la route.

— On dirait une maison, dit Daphné.

— Ou plutôt un manoir, ajoute Fred.

— Ou plutôt un château, reprend Véra.

— Ou plutôt un château hanté, si vous voulez mon avis, affirme Sammy.

— Il n'y a qu'une chose à faire, déclare Fred. Allons là-bas demander de l'aide.

— Nous pourrons passer un coup de fil, dit Véra. Et alors, nous réussirons peut-être à aller au cinéma.

Sammy et Scooby n'ont pas bougé.

— Vous ne venez pas, les gars? demande Daphné.

— Non, merci, dit Sammy en secouant la tête. Aller frapper à la porte d'un gros château par un soir d'orage ne présage que des ennuis.

— R'e des r'ennuis! reprend Scooby en écho.

— Ne soyez pas ridicules, dit Véra. Ce château n'est pas hanté.

Sammy prend une bouchée de son sandwich :

— Nous serons très bien ici.

— À votre aise, dit Fred.

7

Sammy et Scooby observent leurs amis qui sortent de la fourgonnette. Sous la pluie, Véra ouvre la voie en éclairant le chemin avec la lampe de poche. Une minute ou deux plus tard, ils ont disparu dans la nuit.

— Eux, ils sont dehors sous la pluie battante. Et nous, nous sommes à l'intérieur bien au sec avec notre trousse de survie. Qui est le plus ridicule, maintenant, hein Scooby?

ZZZOUM! CRAC! BOUM!

Un éclair tombe sur un arbre juste à côté de la Machine à mystères. L'arbre foudroyé s'écrase sur le sol. La fourgonnette est secouée sous le choc. Sammy et Scooby se regardent.

— ATTENDEZ-NOUS!

Ils sautent de la Machine à mystères et se précipitent en direction du château.

Chapitre 2

Château
Montgomery

Sammy et Scooby montent au pas de course la longue allée tortueuse qui conduit au château Montgomery. Mais la pente est très abrupte et la pluie ne facilite pas les choses. Finalement, ils parviennent au sommet et arrivent hors d'haleine devant la porte.

— Euh, je me demande où sont Fred et les filles, dit Sammy en jetant un coup d'œil à la ronde.

— Bouh!

9

Sammy et Scooby poussent un hurlement.

Ce n'est que Fred, accompagné de Daphné et de Véra.

— Eh bien, c'était donc vous qui nous avez doublés ventre à terre sur la route! dit Fred en riant.

— Alors, Sammy, tu as quitté la sécurité de la fourgonnette? demande Daphné.

— Euh, nous n'étions plus vraiment en sécurité, finalement, répond Sammy.

— R'aaattention à r'arbre! crie Scooby.

Et il tombe comme un arbre dans les bras de Sammy.

— D'accord. Un peu de sérieux, à présent. Nous sommes venus ici pour téléphoner, dit Fred.

Il tend le bras vers le heurtoir de la porte.

— J'espère seulement qu'il y a quelqu'un à la maison, ajoute-t-il.

— Avec l'éclairage qu'on voit là-haut, je dirais qu'il y a de fortes chances, observe Véra en

10

montrant du doigt les grandes fenêtres, à l'étage.

La porte s'ouvre lentement en craquant. Le groupe jette un coup d'œil à l'intérieur, mais ne voit rien. Tout à coup, un visage sort de l'ombre. C'est celui d'un très vieil homme. Le bougeoir qu'il tient projette sur lui un éclairage inquiétant.

— Euh, Scooby et moi venons juste de nous souvenir que nous avons quelque chose à faire, dit Sammy.

— Ah oui? Et quoi? demande Daphné.

— Rester dans la fourgonnette! répond Sammy.

Le vieil homme pose une main ridée sur l'épaule de Sammy.

— Je vous en prie, dit-il. Entrez.

Sammy a la gorge serrée.

— Il n'y a rien à craindre, Scooby, dit-il. Passe le premier.

Sammy pousse Scooby en avant. Ses amis le suivent dans le hall d'entrée obscur. Puis la lourde porte se referme bruyamment derrière eux.

— Je m'appelle Polycarpe, dit le vieil homme.

— Pardonnez-moi, répond Fred, mais notre fourgonnette a fait une crevaison devant votre maison, et…

— Alors, Polycarpe? Qui est-ce? demande une voix étrange.

Un autre homme s'approche, tenant lui aussi un bougeoir.

— Je me présente, dit-il. Eugène Montgomery. Et voici Polycarpe, mon majordome. Quel temps horrible, n'est-ce pas?

— Oui, en effet, monsieur Montgomery, répond Fred.

— Mais appelez-moi Eugène, voyons. Entrez et séchez-vous un peu. Je suis désolé, l'éclairage ne fonctionne pas. Nous faisons réparer le circuit électrique de cette pièce et nous n'avons pas trouvé le temps d'y mettre de bougies.

— Excusez-moi, monsieur Montgomery, mais... commence Fred.

— Eugène, mon garçon. Eugène.

— D'accord. Eugène. Pourrions-nous utiliser votre téléphone? Nous avons une crevaison et nous n'avons pas de pneu de secours.

Fred lance un regard furieux à Sammy et Scooby.

13

— Quel dommage! Les lignes téléphoniques ne fonctionnent pas non plus. Polycarpe s'en chargera dès que l'orage sera passé. Mais je vous en prie, restez avec nous pour le repas.

— Merci de votre générosité, Eugène, mais… tente Véra.

— Je n'accepterai pas le moindre refus! tranche Eugène.

Sammy et Scooby échangent un regard.

— Tu as entendu, chuchote Sammy. Il a dit qu'il n'accepterait pas le moindre refus. Cet endroit n'est peut-être pas si terrible, après tout.

Le groupe suit Polycarpe hors du hall d'entrée puis dans un immense escalier en colimaçon. Tout en montant, Scooby et Sammy reniflent l'air. Leur sens de l'odorat bien aiguisé détecte un parfum de rôti de bœuf fraîchement cuit.

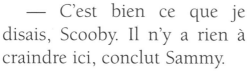

— C'est bien ce que je disais, Scooby. Il n'y a rien à craindre ici, conclut Sammy.

Parvenus au sommet de l'escalier, les amis se
retrouvent dans une grande salle. Jamais ils
n'ont vu une pièce de cette dimension dans une
maison. Tout dans la salle paraît immense. Les
murs, faits d'énormes blocs de pierre, semblent
d'une hauteur interminable. Une collection de
vieux boucliers, d'épées et d'outils de l'époque
médiévale couvre l'un des murs. Le long d'un
autre mur s'aligne une dizaine d'armures de plus
de deux mètres chacune. Trois candélabres
géants éclairés par une centaine de chandelles

pendent du plafond.

— Juste ciel, qui est-ce? demande Véra.

Elle montre l'énorme portrait d'un homme à l'allure très sévère.

— C'est Scotty Montgomery, mon arrière-arrière-grand-père, dit Eugène.

— Impressionnant, dit Daphné.

— Plutôt! ajoute Fred.

— Alors! Euh… quand est-ce qu'on mange? demande Sammy.

Polycarpe se trouve juste derrière Sammy.

— Par ici, monsieur, dit-il.

Sammy sursaute.

— Sapristi! Ne nous faites pas de frousses pareilles! s'exclame Sammy. Ce pauvre Scooby en est terrorisé. Ça va Scoob? Scoob?

Sammy regarde autour de lui, mais Scooby n'est pas là. Il suit déjà l'arôme du rôti de bœuf.

— Votre chien ferait un excellent chien de chasse, constate Eugène. Il a déjà trouvé le chemin de la salle à manger. S'il vous plaît…

D'un geste large, Eugène invite le groupe à suivre Scooby.

Plusieurs lustres électriques éclairent parfaitement la salle à manger. Quelques personnes se trouvent déjà assises à la longue table, mais Sammy et Scooby ne les remarquent pas. Ils n'ont d'yeux que pour la nourriture.

— Sapristi! Voilà ce que j'appelle une table! dit Sammy, ébloui.

Au centre de la longue table se trouve une rangée de plats d'argent. Sur chacun d'eux s'élève une montagne de nourriture.

— Tu vois ce que je vois, Scooby? demande Sammy.

— R'ien sûrrr! répond Scooby.

Ils s'avancent ensemble vers la table. Jamais ils n'ont vu autant de nourriture : rôti de bœuf, poulet, fruits de mer, légumes de toutes sortes, baguettes, pains ronds, ficelles, pâtes à profusion.

— Je vous en prie, je vous en prie, installez-vous où bon vous semble, dit Eugène.

Il indique de la main des sièges vides. Les amis s'assoient à la table.

— J'ai de très intéressantes nouvelles à vous communiquer, annonce Eugène. Mais avant de commencer, prenons un moment pour nous présenter. Il est tellement plus agréable de souper entre amis qu'avec des étrangers.

— Franchement, Eugène. Est-ce encore une de vos idées fantaisistes? demande une femme assise près de lui.

Fred hausse les épaules et annonce :

— Eh bien je vais commencer, alors. Je m'appelle Fred. Et voici Daphné, Véra, Sammy et Scooby. Nous avons eu une crevaison tout près du château. Nous n'étions venus que pour utiliser le téléphone.

— Et je les ai obligés à se joindre à nous pour le repas de ce soir, ajoute Eugène. Plus on est de fous, plus on rit, comme je le dis toujours. À vous, Barbara.

— Je suis Barbara Redding, dit la femme assise près d'Eugène. Vous savez probablement déjà que je suis la mairesse de cette ville. Et j'essaie de convaincre Eugène de donner le château à la ville pour que nous en fassions un musée.

Le vieil homme assis à côté de Véra s'avance un peu sur sa chaise et toussote.

— Tony DiPesto. Immeubles, centres commerciaux, stationnements couverts. Je m'intéresse à cet endroit depuis des années. Je

voudrais en faire un parc d'attractions médiéval. Je l'appellerais le Pays des chevaliers.

Assise en face de lui, une femme à la chevelure rousse secoue la tête en signe de désapprobation.

— Je m'appelle Sally MacIntyre, du Musée royal d'Écosse. J'essaie de rapatrier ce château au pays d'où il vient : l'Écosse.

Eugène se tient debout près de son siège, à l'extrémité de la table.

— Certains d'entre vous ne connaissent peut-être pas la riche histoire de la famille Montgomery. Mon arrière-arrière-grand-père, Scotty Montgomery, a déménagé ce château ici pierre par pierre depuis l'Écosse. Il y a maintenant des années que la famille Montgomery habite cet endroit. Et, comme vous le savez peut-être, je n'ai moi-même aucune famille. Donc, à minuit ce soir, je vais remettre le château à la population de notre ville, qui en fera un parc et un musée.

Barbara Redding bondit de sa chaise :

— Mais c'est formidable! s'exclame-t-elle.

Tony DiPesto saisit son verre d'eau.

— Nous verrons combien de temps dure un

musée dans cette ville, grommelle-t-il, les dents serrées.

— Ah, c'est une bien triste journée pour tous, là-bas en Écosse, dit Sally à Daphné.

— Portons un toast à Eugène Montgomery! propose la mairesse.

Chacun lève son verre.

— Moi, j'aime bien les toasts, dit Sammy. Surtout avec du beurre et de la confiture.

— R'omme ça!

Scooby prend une énorme bouchée de pain grillé et sourit.

— Bravo! Bravo! Bravo! lancent tous les invités.

À ce moment précis, les lumières s'éteignent.

Chapitre 4

—Hé! Mais où est tout le monde? demande Sammy.

— Je vous demande de garder votre calme, dit Eugène d'une voix forte. Il s'agit d'une simple panne d'électricité. Polycarpe va nous apporter des chandelles. Polycarpe!

Quelqu'un gratte une allumette. Une bougie s'allume dans l'obscurité. La flamme se déplace lentement et illumine un visage fantomatique.

— On dirait Scotty Montgomery! s'écrie Véra.

Le fantôme a le visage très pâle. Sa peau

semble ridée et flétrie. Aucune erreur possible : il s'agit de Scotty Montgomery!

— Je vous l'avais bien dit, que cet endroit était hanté! gémit Sammy.

Le fantôme se met à parler d'une voix éraillée :

— Le château des Montgomery doit rester dans notre famille. Je jette un maléfice sur chaque pierre de ce château et sur quiconque ose rester en ces lieux après minuit. Quittez cet endroit dès maintenant et n'y revenez plus jamais. Et que le sort réservé à mon arrière-arrière-petit-fils soit mon seul avertissement!

Le fantôme souffle la bougie. L'instant d'après, Eugène pousse un cri. Puis une porte claque.

— Que se passe-t-il? s'écrie la mairesse Barbara Redding.

Quelques secondes plus tard, l'éclairage revient. Eugène a disparu. Les invités l'appellent, mais peine perdue. Sammy cherche Scooby du regard. Il a disparu lui aussi.

— Oh, non! Le fantôme a pris Scooby aussi! Scooby? Scooby, où es-tu?

— R'ici! dit la voix de Scooby, sous la table.

Sammy relève un coin de la nappe. Scooby est bien là. Il a devant lui un grand bol de spaghettis.

— C'est toi qui as raison, Scooby. Pas question de se laisser terroriser l'estomac vide!

— Tony! dit la mairesse. Mais qu'est-ce que vous faites là?

Tony est debout près de la vieille horloge, une bougie à la main.

— Lorsque le fantôme a soufflé la chandelle, j'ai entendu du bruit de ce côté, explique Tony. Je me suis approché aussi vite que j'ai pu, mais je n'ai trouvé qu'une chandelle.

— Nous avons besoin d'aide, déclare la

mairesse. Puisque les téléphones ne fonctionnent pas, nous devrons retourner en ville en voiture. Barbara Redding, Tony DiPesto et Sally MacIntyre quittent la salle à manger. Fred, Véra et Daphné les suivent dans la grande salle.

Alors que tous traversent l'immense pièce, on frappe à l'intérieur d'un coffre gigantesque. Les invités restent figés.

— Au secours! crie une voix étouffée.

Fred, Véra et Daphné échangent un regard. Cette voix n'est pas celle d'Eugène. Ils se précipitent vers le coffre et soulèvent le couvercle.

— Polycarpe? s'étonne Tony DiPesto.

— J'allais vérifier les téléphones quand les lumières se sont éteintes, commence à expliquer Polycarpe.

Tout en parlant, il ressort du coffre.

— Comme je ne voyais plus où je mettais les pieds, j'ai trébuché et je suis tombé dans le coffre, poursuit-il. Le couvercle s'est refermé et je suis resté coincé.

— Heureusement que ce fantôme ne vous a pas attrapé aussi, dit la mairesse.

Elle se tourne vers Fred, Daphné et Véra :

Je crois que nous pouvons tous nous entasser dans ma voiture. Voulez-vous que je vous ramène en ville?

— Non, merci, répond Fred. Nous devons... euh...

— Retrouver nos amis, complète Daphné.

— Je ne traînerais pas trop longtemps ici, si j'étais vous, prévient Sally MacIntyre. En Écosse, nous prenons nos fantômes très au sérieux. Et je vous conseille d'en faire autant.

— Ne vous inquiétez pas, tout ira bien, assure Véra.

— Alors je vous enverrai une dépanneuse, c'est promis, dit Barbara Redding. Bonsoir!

Et elle entreprend de descendre le long escalier en compagnie de Tony et de Sally.

— Vous devriez écouter Mme MacIntyre et quitter cet endroit, dit Polycarpe à Fred, Daphné et Véra. Je vis ici depuis des années. Ce fantôme est sérieux. Quant à moi, je ne veux pas subir le même sort que M. Eugène.

Polycarpe tourne les talons et descend l'escalier à la hâte. Quelques instants plus tard, la porte d'entrée se referme bruyamment.

Une serviette de table encore nouée autour du cou, Sammy et Scooby rejoignent leurs amis dans la grande salle.

— Hé! Où sont passés les autres? demande Sammy.

— Ils sont partis chercher de l'aide, répond Daphné.

— C'est une très bonne idée, je trouve, dit

Sammy.

— Moi, j'ai une meilleure idée, dit Fred.

Véra fait un signe de tête affirmatif.

— D'accord, dit-elle. Allons au fond de cette affaire!

— J'étais sûr que tu allais dire ça! se lamente Sammy.

Chapitre 5

—Séparons-nous, les amis, dit Fred. Véra : toi, Sammy et Scooby, vous allez rester ici et examiner la grande salle. Daphné et moi retournerons dans la salle à manger.

— Euh, Scooby et moi pourrions très bien aller inspecter la salle à manger pendant que vous trois restez ici, suggère Sammy.

Scooby est tout à fait d'accord. Il hoche la tête :

— R'ouais, r'ouais.

29

— Au travail, vous deux, dit Véra. Plus vite nous commencerons, plus tôt nous aurons fini.

Fred et Daphné regagnent la salle à manger. Véra montre du doigt les armures :

— Allez voir de ce côté, tous les deux. Moi, je regarde par ici.

Sammy et Scooby s'approchent d'une armure.

— Hé! comment on fait pour sortir d'un truc pareil? demande Sammy.

— R'avec un r'ouvre-boîte! dit Scooby.

— Un ouvre-boîte? Elle est bonne, celle-là, Scooby!

Ils s'esclaffent.

À l'autre bout de la salle, Véra examine les armes accrochées au mur. Elle pose la main sur un bouclier géant. Au milieu du bouclier se trouve une tête de lion d'or massif aux grands yeux d'émeraudes. L'animal a des crocs d'argent et ses pattes avant sont en position d'attaque.

« Ce sont sans doute les armoiries de la famille Montgomery », se dit Véra. Elle suit du bout des doigts les contours de la tête du lion. Puis, elle remarque quelque chose. Les griffes d'argent du fauve se dressent hors du bouclier. Véra touche les griffes. Une porte s'ouvre soudain au milieu du mur de pierre.

« Juste ciel, chuchote-t-elle pour elle-même. C'est un passage secret. » Elle sort la lampe de poche qu'elle avait gardée, l'allume et s'engage dans le passage. La porte de pierre se referme derrière elle.

Pendant ce temps, Sammy essaie l'un des casques métalliques. Il décroche une épée et prend une pose de chevalier.

— Hé, regarde-moi, Scooby. Je suis le chevalier Sammy de la table garnie. Tu saisis?

31

Table Ronde, table garnie?

Sammy et Scooby pouffent de rire.

— Et toi, tu pourrais être le chevalier Scoobylot.

— Scooby-Doobylot! reprend Scooby.

— Et nous nous livrons un duel à mort pour le dernier morceau du rôti de bœuf, ajoute Sammy.

Il crie :

— Prends ça! Et ça! Et encore ça!

Sammy fait mine de porter un coup en avant et Scooby l'évite. Scooby saisit l'épée d'un des

chevaliers en armure. Il la brandit en direction de Sammy, qui bondit en arrière et se lance à la poursuite de Scooby.

— R'eh, r'oh! appelle Scooby.

Il rit en se faufilant entre les armures.

— Je vais vous attraper, sire Scoobylot! menace Sammy en pourchassant Scooby autour des armures.

Il finit en effet par cerner Scooby et déclare :

— Faites vos prières, maintenant, sire Scoobylot!

Scooby lève la tête et aperçoit le fantôme de Scotty Montgomery qui se tient derrière Sammy.

— R'aïe! R'otty! R'otty! gémit Scooby.

— Exact, Sire Scoobylot, nous nous battons pour le rôti. Et le dernier morceau du rôti est pour moi! Alors, que dites-vous de ça?

— R'errière toi!

— Quoi? Le rôti est derrière moi? demande Sammy.

Scooby fait oui de la tête à toute vitesse. Sammy se retourne lentement, jette un œil par-dessus son épaule... et aperçoit le fantôme de

Scotty.

— Aaaaaaah! crie Sammy.

— C'est rôti! C'est rôti! hurlent en chœur les deux amis.

Ils filent entre les jambes du fantôme.

— Par ici, Scoob! appelle Sammy.

Il zigzague entre les armures, suivi de près par Scooby. Le fantôme les talonne.

— Plus vite, Scooby!

Sammy et Scooby se dissimulent derrière la dernière armure. Debout au milieu de la salle, le fantôme de Scotty Montgomery ne les trouve plus.

— Tu vois, Scoob, dit Sammy hors d'haleine,

ce fantôme est encore plus essoufflé que nous!

Scooby essaie de mieux voir le fantôme. Il avance la tête et heurte l'armure au passage. Dans un grincement, elle bascule sur le côté et tombe sur l'armure voisine.

PATATRAS! Et ensuite : *BADABOUM! PATATRAS! BADABOUM! PATATRAS! BADABOUM! PATATRAS! BADABOUM! PATATRAS!* Toutes les armures basculent les unes après les autres comme des dominos. Le fantôme pivote aussitôt sur lui-même et aperçoit Scooby et Sammy.

— Vite, Scooby! Là-dedans!

Sammy saute dans le grand coffre, juste derrière eux. Scooby le suit et referme prestement le couvercle.

Le fantôme se précipite vers le coffre et le verrouille.

— Je n'aime pas ce bruit-là, dit Sammy… Au secours!

— R'au r'ecours! hurle Scooby.

Ils frappent ensemble les parois du coffre.

— À l'aide! Fred, Véra, Daphné, quelqu'un!

Chapitre 6

Scooby et Sammy sont toujours recroquevillés dans le coffre.

— Je pense que nous sommes fichus, dit Sammy. À l'heure qu'il est, le fantôme doit avoir attrapé Fred, Véra et Daphné. Je leur avais bien dit que cet endroit ne présageait rien de bon.

Soudain, ils entendent des pas.

— Oh non, c'est le fantôme! s'exclame Sammy. Adieu, Scooby.

— R'adieu, R'ammy.

Un déclic se produit. Les deux amis ferment

les yeux. Le couvercle se soulève et Sammy entrouvre légèrement l'œil droit.

— Fred! Daphné! Bon sang, que nous sommes contents de vous revoir!

Sammy et Scooby bondissent hors du coffre. Sammy serre Fred dans ses bras. Scooby fait de même avec Daphné. Puis Sammy serre Daphné et Scooby fait de même avec Fred. Puis Sammy serre Scooby.

— Ça suffit, vous deux, dit Fred d'un ton sévère. Est-ce que vous avez vu Véra?

— Euh... nous pensions qu'elle était avec vous, répond Sammy.

— Et nous, nous étions sûrs qu'elle se trouvait encore avec vous, dit Daphné.

— Cette affaire devient vraiment terrifiante, dit Sammy. D'abord Eugène, et à présent Véra. Je vous avais dit que cet endroit n'augurait rien de bon!

— R'ien de r'on! répète Scooby.

— Hé! Où êtes-vous, tous?

C'est la voix de Véra. Et elle provient de la salle à manger. Le groupe s'élance dans cette direction. Il trouve Véra installée au bout de la table, à la place d'Eugène.

— Enfin! Vous voilà! dit-elle.

— Tu vas bien? demande Daphné.

— Juste ciel! répond Véra. Je suis en pleine forme. Et j'ai trouvé des choses qui vont nous aider à résoudre cette énigme.

— Ah bon? Qu'est-ce que c'est? demande Sammy.

— D'abord, aimeriez-vous savoir où j'étais?

— C'est précisément la question que nous nous posions, dit Fred.

— Pendant que Sammy et Scooby jouaient les

chevaliers de la table de cuisine, raconte Véra, moi, j'étais de l'autre côté de la grande salle. J'ai remarqué sur le mur un bouclier aux armoiries de la famille Montgomery. Puis j'ai découvert un bouton qui ouvrait une porte cachée.

— Un passage secret! s'exclame Fred.

— Pas seulement un! ajoute Véra. Des tas de passages secrets. Ils mènent à tous les coins du château.

— Et ils permettent à un fantôme de se déplacer facilement et rapidement, ajoute Daphné.

— Mais seulement si le fantôme connaît son chemin, précise Véra.

— Moi, je vais vous dire une chose à propos de ce fantôme, déclare Sammy. Il se déplace peut-être rapidement, mais il n'est pas très en forme.

— Sammy, que veux-tu dire? demande Daphné.

— Eh bien, c'était la première fois que je voyais un fantôme essoufflé, explique Sammy.

Véra et Fred se regardent et hochent la tête.

— Je crois que j'ai deviné qui est ce fantôme, dit Véra.

— Si tu as la même idée que moi, dit Fred, alors le moment est venu de lui tendre un piège.

Chapitre 7

Les cinq amis se regroupent au bout de la table.

— D'accord, vous tous, écoutez bien : voici le plan, commence Fred. Nous savons que ce fantôme ne veut voir personne rester à l'intérieur du château. Mais pourquoi?

— Pour pouvoir manger tout le buffet tout seul? risque Sammy en regardant les plats auxquels personne n'a touché.

— En fait, Sammy, tu n'es pas si loin de la vérité, répond Véra. De toute évidence, il y a quelque chose dans ce château que le fantôme tient à garder pour lui.

— Dans ce cas, dit Fred, nous allons l'obliger à se montrer en lui faisant croire que nous ne voulons pas sortir d'ici. Mais ça ne suffira pas, alors nous allons devoir lui faire peur. Et comment fait-on pour effrayer un fantôme?

— On se glisse derrière lui et on fait « Bouh! », répond Daphné.

— Exactement, dit Véra.

— Mais où allons-nous trouver un autre fantôme? demande Sammy.

Tous les yeux se tournent vers Scooby.

— R'hein? dit Scooby.

— Allez, Scooby. Ça n'a rien de compliqué, dit Fred. Nous allons te déguiser. Tout ce que tu auras à faire sera de dire « Bouh! » quand le fantôme apparaîtra.

— R'on! dit Scooby en secouant la tête.

— S'il te plaît, Scooby? demande Daphné.

Scooby s'assoit et se croise les pattes.

— R'as r'estion! dit-il.

— Pas même pour un Scooby Snax? demande Véra.

Mais Scooby ne cède pas.

— R'on!

— Pas même pour deux Scooby Snax?

L'estomac de Scooby se met à gargouiller à la mention de deux Scooby Snax. Son oreille frémit, mais il résiste.

— R'on et r'on!

— Pas même pour trois Scooby Snax? insiste Véra.

Là, Scooby n'en peut plus. Il saute sur ses pattes et fait oui en hochant la tête avec beaucoup d'enthousiasme.

— R'ouais! R'ouais! R'ouais!

Véra plonge la main dans sa poche et en sort trois Scooby Snax. Elle les lance les uns après les autres à Scooby.

— Daphné, toi et Véra, allez vous asseoir à la table et faites semblant de manger, dit Fred.

— Hé, pourquoi est-ce que ce ne serait pas

moi qui m'assoirais à la table en faisant semblant de manger? demande Sammy. Je suis bien meilleur pour manger que pour attraper des fantômes!

— Sammy, tu aides Scooby à enfiler ce costume. Puis tu te places près de la vieille horloge. Scooby se cachera derrière ce rideau et je serai juste à côté de lui. Quand Scooby effraiera le fantôme, tu prendras la nappe. Moi, je t'aiderai à capturer le fantôme.

— Bon. Comme tu voudras, dit Sammy.

Il aide Scooby à se glisser dans une armure. Daphné et Véra s'assoient à la table. Scooby se cache derrière un rideau suspendu au mur. Fred se poste devant le rideau. Sammy se place près de l'horloge adossée au mur opposé.

— Vraiment, je suis contente que nous ayons décidé de passer la nuit ici, dit Daphné.

— Moi aussi, dit Véra. Aucun fantôme ne réussira à me faire peur.

— Surtout s'il est aussi inoffensif que Scotty Montgomery, dit Daphné d'une voix forte.

Daphné et Véra commencent à remplir leur assiette de nourriture. Soudain, le château est

plongé dans l'obscurité. Lorsque la lumière revient, le fantôme de Scotty Montgomery se trouve devant elles.

— J'avais prévenu tous les invités qu'ils devaient quitter les lieux avant minuit. Maintenant, il est trop tard. Ce château et tous ceux qui s'y trouvent sont maudits à jamais.

Fred regarde en direction de Scooby et lui fait signe. Scooby avale avec difficulté et se racle la gorge. Puis il s'élance devant le rideau :

— Scooby-Dooby-Bououououh! hurle-t-il.

Le fantôme se retourne. En apercevant

Scooby, il bondit en arrière.

— À toi, Sammy! crie Fred.

Sammy se précipite hors de sa cachette. Il saisit la nappe qui recouvre la grande table et tire prestement. *Whiiiich!* L'immense nappe glisse sous les assiettes. Sammy et Fred la lancent sur le fantôme que Daphné et Véra poussent ensuite sur une chaise.

— Vous êtes tous maudits! crie le fantôme sous la nappe.

Des coups se font alors entendre derrière les murs.

— Aïe! C'est le vrai fantôme! s'écrie Sammy.

Scooby saute hors de son armure et plonge sous la table.

— Pas besoin d'ouvre-boîte, hein, Scooby! lance Sammy. Fais-moi une place!

Et le voilà qui plonge lui aussi sous la table.

Chapitre 8

—Ne soyez pas ridicules, dit Véra. Il n'y a pas de fantôme!

Elle marche en direction de la vieille horloge. Elle passe les doigts sur l'horloge, en faisant semblant de chercher quelque chose. Puis elle pousse un bouton et une porte s'ouvre. Eugène Montgomery apparaît. On lui a attaché les mains et recouvert la bouche avec du ruban adhésif. Il a une bosse sur le front. Mais exception faite de tout ça, il se porte plutôt bien.

— Eugène! s'écrie Daphné. Êtes-vous blessé?

Avec précaution, elle décolle le ruban adhésif de sa bouche.

— Non, seulement étourdi, mais finalement, je survivrai, merci, dit-il.

Fred surveille de près le fantôme pendant que Véra et Daphné détachent Eugène. Celui-ci s'assoit et se tâte le front avec précaution.

— Juste ciel! Quelle bosse! dit Véra.

— En effet, répond Eugène en se servant un verre d'eau.

— Vous rappelez-vous ce qui s'est passé? demande Véra.

— Je me rappelle avoir annoncé à tout le monde la nouvelle à propos du château. Puis, les lumières se sont éteintes et le fantôme de mon arrière-arrière-grand-père est apparu. Ensuite, tout ce dont je me souviens, c'est de m'être retrouvé ligoté quelque part dans un minuscule placard.

Daphné se penche sous la table.

— À propos, Sammy et Scooby, vous pouvez

sortir, maintenant. C'était tout simplement Eugène.

Sammy et Scooby émergent instantanément de leur cachette.

— Euh, nous le savions! Nous ne faisions que…

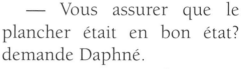

— Vous assurer que le plancher était en bon état? demande Daphné.

Tout à coup, on frappe de nouveau. Tous en restent figés d'étonnement.

— Quoi? Encore un fantôme! gémit Sammy.

— Non, seulement la porte avant, dit Eugène.

Ils entendent la porte s'ouvrir. Puis des voix s'élèvent dans le vestibule.

— Bonsoir! Il y a quelqu'un?

— Par ici! appelle Eugène.

Barbara Redding, la mairesse, entre dans la pièce accompagnée de policiers.

— Eugène! Dieu soit loué, vous êtes sain et sauf! Je suis désolée d'avoir mis autant de temps, mais l'orage complique la conduite.

— Que diriez-vous de vérifier si ce fantôme est bien celui que nous croyons? propose Fred.

— Excellente idée! dit Eugène.

Fred retire la nappe qui recouvre le fantôme.

— Voudriez-vous nous faire l'honneur, Eugène? demande Fred.

— Mais avec grand plaisir, répond Eugène.

Il soulève le masque du fantôme… et en a le souffle coupé.

— Polycarpe! Mais pourquoi! s'exclame-t-il.

Polycarpe pose sur Eugène un regard plein de tristesse.

— Parce qu'ici, c'est ma maison, monsieur. Je voulais faire fuir tout le monde pour ne pas avoir à partir. J'ai passé presque toute ma vie dans cette demeure. Et contrairement à vous, monsieur, je n'ai ni résidence secondaire ni autre endroit où habiter. Sans le château Montgomery, je suis à la rue.

Polycarpe essuie une larme.

— Oh! Eugène, dit la mairesse, vous ne pouvez pas en vouloir à ce bon vieux Polycarpe. Vous n'allez pas porter d'accusations contre lui, n'est-ce pas?

Véra s'avance.

— Excusez-moi, monsieur Montgomery, dit-elle. Mais avant de prendre une décision, vous devriez peut-être questionner Polycarpe au sujet du trésor.

— Un trésor? demande Sammy.

— Oui, le trésor de la famille Montgomery, répond Eugène. Mais comment se fait-il que vous soyez au courant?

— J'ai fait un peu d'exploration dans les passages secrets, dit Véra.

— Bravo, Véra! dit Eugène. Et je parie que vous avez repéré le coffre dans lequel se trouve le trésor de la famille.

— C'est exact, répond fièrement Véra.

— Eh bien, Polycarpe, qu'avez-vous à dire pour votre défense, à présent? demande Eugène.

Polycarpe jette un regard aux policiers, puis à Eugène.

— C'est vrai. Je voulais le trésor des Montgomery. J'estimais que c'était la moindre des choses qu'il me revienne après toutes ces années passées au service de la famille. Je me fichais de ce qui allait arriver au donjon glacial qu'est cette maison. J'avais seulement besoin de temps pour sortir le coffre d'ici et quitter le pays.

Eugène se tourne vers Fred, Daphné et Véra. Pourquoi avez-vous suspecté Polycarpe? demande-t-il.

Fred parle le premier.

— Nous avons tout d'abord soupçonné M. DiPesto. Lorsque l'éclairage est revenu, il tenait le bougeoir du fantôme.

— Mais ça ne pouvait pas être lui, ajoute Daphné. Il est resté assis près de moi durant toute la scène du fantôme.

— C'est lorsque nous avons trouvé Polycarpe dans le grand coffre que les pièces du casse-tête ont commencé à s'emboîter, poursuit Véra. Il nous a dit qu'il avait trébuché dans l'obscurité et qu'il s'était enfermé à l'intérieur du coffre. Le parfait alibi, en somme.

— Mais ce coffre se trouve dans la grande salle, continue Fred. Et la pièce n'est pas éclairée à l'électricité, mais par des bougies. Lorsque les lumières se sont éteintes dans la salle à manger, les bougies sont restées allumées dans la grande salle. Polycarpe était le seul à ne pas être avec nous au moment où le fantôme est apparu.

— Et puis, il habite ici depuis longtemps, dit Daphné. Il connaît probablement très bien les passages secrets.

— Mais ce sont Sammy et Scooby qui ont confirmé nos soupçons, explique Véra. Lorsque le fantôme les a poursuivis dans la grande salle,

nos amis ont constaté qu'il était à bout de souffle.

— Les vrais fantômes sont infatigables. Mais les hommes âgés, eux, s'épuisent, conclut Fred.

Polycarpe les regarde.

— Sans l'arrivée de ces jeunes et de leur sale chien, mon plan aurait fonctionné comme je l'avais prévu, dit-il.

— Emmenez cet homme, messieurs, dit la mairesse aux policiers. La dépanneuse doit être sur le point d'arriver, dit-elle aux cinq amis. Elle est un peu retardée par le mauvais temps. Merci à vous tous d'avoir aidé Eugène à résoudre cette énigme. À bientôt, Eugène. Et merci encore de votre généreux cadeau. Les gens de mon bureau vous téléphoneront demain matin.

— Tout le plaisir est pour moi, madame la mairesse, répond Eugène.

La mairesse quitte le château en compagnie

des agents de police et de Polycarpe. Eugène se tourne vers la bande.

— Je vous suis très reconnaissant. En attendant que votre fourgonnette soit réparée, pourquoi ne pas manger ce souper?

— J'ai cru que vous n'alliez jamais le proposer! dit Sammy joyeusement.

— Et pour toi, dit Eugène à Scooby, j'ai une friandise toute spéciale.

Eugène s'approche de la table et allonge le bras vers une cloche d'argent surmontée d'une petite poignée. Il soulève la cloche avec cérémonie.

— Le dernier morceau du rôti! annonce-t-il.

— Scooby-Doobylot! lance Scooby.

Tous se mettent à table en riant.